COLLECTION

DE

M. T...., DE BRUXELLES.

TABLEAUX

ET

DESSINS MODERNES

Vente le Samedi 9 Février 1856.

MAULDE ET RENOU,

Imprimeurs de la Compagnie des Commissaires-Priseurs,

rue de Rivoli, 144.

CATALOGUE

DE

TABLEAUX

ET

DESSINS MODERNES

COMPOSANT

La Collection de M. T...., de Bruxelles,

DONT LA VENTE AURA LIEU

HOTEL DES COMMISSAIRES-PRISEURS

RUE DROUOT, N° 5,

Grande Salle n° 5, au premier,

Le Samedi 9 Février 1856, à 2 heures et demie précises,

Par le ministère de M° **POUCHET**, Commissaire-Priseur,
rue Saint-Honoré, 333,

Assisté de M. Francis PETIT, Expert, Boulevart Poissonnière, 24.

EXPOSITION PUBLIQUE

Le Vendredi 8 Février 1856, de midi à 8 heures.

—

1856

CONDITIONS DE LA VENTE.

Elle sera faite au comptant.

Les acquéreurs paieront, en sus des adjudications, 5 centimes par franc, applicables aux frais.

TABLEAUX

ACHENBACH (A.).

1 — Plage au soleil couchant.

Toile. — H. 44 c. L. 58 c.

BÉRANGER (CH.).

2 — Marché.

Bois — H. 60 c. L. 55 c.

BONNINGTON.

3 — Paysage, la route.

Toile. — H. 32 c. L. 45 c.

CABAT (LOUIS).

4 — Paysage avec figures.

Toile. — H. 38 c. L. 63 c.

CHAVET.

5 — La lecture.

Toile. — H. 25 c. L. 21 c.

COROT.

6 — Effet de matin.

Toile. — H. 54 c. L. 82 c.

COUTURE.

7 — Petite baigneuse.

Toile. — H. 115 c. L. 90 c.

8 — La Violette.

Toile. — H. 81 c. L. 65 c.

DAUBIGNY.

9 — Entrée de village.

Bois. — H. 44 c. L. 81 c.

10 — Paysage, bords de la Marne.

Bois. — H. 24 c. L. 40 c.

DECAMPS.

11 — Paysage, effet de soir.

Bois. — H. 17 c. L. 27 c.

DELACROIX (EUGÈNE).

12 — Enlèvement de Rébecca (*Ivanhoë*).

Toile. — H. 100 c. L. 82 c.

DIAZ.

13 — Enfants jouant avec un lézard.

Toile. — H. 27 c. L. 35 c.

14 — Les trois amis.

Bois. — H. 31 c. L. 26 c.

ETEX (JULES).

15 -- Eleveurs de loups.

Toile.—H. 37 c. L. 32 c

GÉRICAULT.

16 — Trompette de hussards

Toile. — H. 73 c. L. 60 c.

17 — Croupes de chevaux, étude.

Toile — H. 30 c. L. 27 c.

GROS (BARON).

18 — Portrait de Louis XVIII.

Toile. — H. 73 c. L. 61 c.

HOGUET.

19 — Paysage, effet de pluie.

Toile. — H. 49 c. L. 73 c.

HAMON.

20 — Prudence.

Toile. — H. 24 c. L. 32 c.

JACQUE.

21 — Intérieur de cour, avec canards.

Bois.

JONGKIND.

22 — Notre-Dame et le pont de l'Hôtel-Dieu , effet de lune.

Toile. — H. 46 c. L. 74 c.

LEDOUX (Mlle).

23 — Tête de jeune garçon.

Toile. — H. 43 c. L. 36 c.

LEPOITEVIN (EUGÉNE)

24 — Gueux de mer.

Toile. — H. 26 c. L. 2..

LEYS (HENRI).

25 — Intérieur d'un corps-de-garde au 17me siècle.

Bois. — H. 75 c. L. 80 c

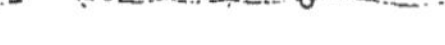

MARILHAT.

26 — Vue prise au Caire

Toile. — H. 43 c. L. 74 c

MEISSONNIER.

27 — La visite du médecin.

Bois. — H. 11 c. L. 12 c

MULLER (CHARLES-LOUIS).

28 — La toilette.

Toile. — H. 31 c. L. 27 c.

OMMEGANCK.

29 — Chèvres, étude.

Bois — H. 19 c. L. 20 c.

PLASSAN.

30 — La curieuse.

Bois. — H. 18 c. L. 13 c.

ROUSSEAU (THÉODORE).

31 — Plaine de Barbison, effet de soir.

Bois. — H. 12 c. L. 63 c.

ROUSSEAU (PHILIPPE).

32 — L'intrus.

Toile — H. 80 c. L. 100 c.

33 — Marchande de volailles.

Toile. — H. 54 c. L. 73 c.

34 — Gibier.

Bois. — H. 26 c. L. 38 c.

ROQUEPLAN (CAMILLE).

35 — Paysage de Hollande.

Bois. — H. 17 c. L. 24 c.

RUBENS.

36 — Portrait d'homme.

Bois. — H. 42 c. L. 35 c.

SCHEFFER (ARY).

37 — Henri IV.

Toile. — H. 38 c. L. 45 c.

STEWENS (ALFRED).

38 — La sieste.

Bois. — H. 85 c. L. 64

STEVENS (JOSEPH).

39 — La surprise.

Toile. — H. 70 c. L. 93 c

40 — Le philosophe sans le savoir.

Toile. — H. 90 c. L. 117 c.

TASSAERT (O).

41 — Les orphelins.

Toile. — H. 49 c. L. 36 c.

42 — Après le bal !

Toile. — H. 41 c. L. 33 c.

TROYON.

43 — La rencontre.

Toile. — H. 100 c. L. 65 c.

44 — Marche d'animaux.

Toile. — H. 92 c. L. 73 c.

45 — Troupeau de moutons chassé par l'orage.

Toile. — H. 47 c. L. 38 c.

VAN MOER ET WILLEMS.

46 — Intérieur d'une maison flamande.

Toile. — H. 95 c. L. 73 c.

DESSINS

BONNINGTON.

47 — Le port. Aquarelle.

H. 15 c. L. 20 c.

CABAT.

48 — Paysage. Aquarelle.

H. 37 c. L. 45 c.

DECAMPS.

49 — La vedette. Aquarelle.

H. 41 c. L. 32 c.

50 — La femme de ménage. Aquarelle.

H. 24 c. L. 20 c.

ISABEY (EUGÈNE).

51 — Marine, effet d'orage.

Aquarelle rehaussée de pastel.

H. 33 c. L. 49 c.

JOHANNOT (ALFRED).

52 — Adieux de Marie Stuart.   Aquarelle.

H. 21 c. L. 28 c.

VIDAL.

53 — Arabelle.   Dessin rehaussé.

H. 47 c. L. 61 c.

54 — Fatinitza.   Dessin rehaussé.

H. 47 c. L. 61 c.

Maulde et Renou, Imprimeurs de la Compagnie des Commissaires-Priseurs
4205   rue de Rivoli, 144.